Séquana

la légende de la Seine

Patrick HUET

Origine de cette histoire

Alors qu'il longeait la Seine entièrement à pied, depuis la source jusqu'à la mer, l'auteur a découvert par hasard dans les forêts proches de la source, un étrange vestige semblable à la carcasse d'un dinosaure fossilisé. Un tronc d'arbre abattu dont les racines prenaient l'allure d'un squelette blanchi par les ans. Mais le regard du poète y décela une tout autre histoire, celle qu'il vous narre dans les pages suivantes.

Photo du monstre de la Seine

Tous droits de reproductions et d'adaptation
réservés pour tous pays.
Reproduction même partielle interdite

© 2009 Patrick HUET

Dépôt légal : août 2009

Éditeur : Books on Demand GmbH, 12/14 rond-point des Champs Elysées, 75008 Paris, France. Impression : Books on Demand GmbH, Norderstedt, Allemagne

ISBN : 978-2-8106-0457-9

Séquana

La légende de la Seine

Il est des hivers porteurs de paix et de sommeil, il en est d'autres porteurs de haine et de violence.

Il est des hivers riants de blancheur, des hivers de neige où les flocons s'éparpillent tendrement à la surface des jours. Il en est d'autres, hélas, qui ne portent que la cruauté du gel.

Par un de ces hivers finissants où la morsure du froid faiblissait à mesure que s'allongeait la lumière, surgit, du fond d'un marécage, une gangue de glace. Venant d'on ne sait où, elle avait glissé au fil des ans, de marais en marais, jusqu'à ce qu'un courant la poussât vers la surface.

Soulevée par la neige fondante, la

gangue se diluait lentement, trop compacte, trop énorme pour que le soleil renaissant ne puisse la dissoudre aussi vite que les glaces environnantes. Des semaines passèrent. La neige avait disparu et l'herbe avait repris ses aises tandis que la gangue dressait toujours sa masse sombre et glacée sur le bord du marécage. Sous le soleil, il en suintait une eau noire, un jus nauséabond qui se mêlait à la vase du marais.

On finit par distinguer, prisonnier de la gangue, une silhouette à épouvanter les sens avides des sangsues. Et, une nuit, lorsque l'épaisseur de la gangue diminua encore, une main fauve, hérissée de griffes, jaillit de la glace qui la retenait. Puis elle s'attaqua au reste de la gangue. Une tête monstrueuse de lézard géant apparut, des crocs abominables firent exploser le linceul de glace.

* *
*

Quelque part au sein d'une forêt endormie, une jeune femme d'une beauté remarquable s'éveilla en sursaut. Ses yeux de saphir, immensément bleus, vibraient d'une peur soudaine, inexpliquée.

Quittant son lit de plumes, elle se dirigea

vers un bassin où s'écoulait, goutte à goutte, une source à peine visible dans cette grotte blanche.

Les longs cheveux de la demoiselle s'éparpillaient sur ses épaules avant de s'échouer sur sa taille comme une pluie de satin brun.

Dès qu'elle pénétra dans le bassin, ses vêtements se changèrent en écailles, aussi souples que du tissu, mais plus solides que du métal. Un oiseau bleu perché sur le haut du bassin pépia gaiement, et là où l'oreille humaine n'aurait discerné qu'un gazouillement léger, la demoiselle aux yeux emplis de rêve entendit clairement :

— Bonjour Séquana, bonjour jolie sirène. Le jour n'est pas encore levé, quelle est donc la cause de ce réveil matinal ?

— Je ne le sais, Fétille. Quelque chose m'a transpercée, comme un éclat de glace.

— Un cauchemar sans doute.

— Non, c'était autre chose. On aurait dit qu'une menace venait de surgir, un danger mortel.

L'oiseau pépia un peu plus vite, un peu plus fort.

— Quel danger pourrait-il te menacer ? Dans cette grotte, tu es invulnérable. Aucun oeil humain ne pourrait la percevoir. Grâce à tes dons de sirène, ceux qui s'aventureraient aux alentours ne verraient qu'une banale falaise. Et tu commandes à la rivière, tu peux refouler et détruire tous les ennemis qui voudraient s'approcher. Alors, pourquoi ce souci dans ton regard ?

— Ce n'est pas pour moi, Fétille, que j'ai tant d'inquiétude.

* *
*

À l'instant même où le monstre s'était échappé de la glace, à l'instant précis où Séquana s'était éveillée, un jeune homme se dressa brusquement sur son lit. Une sueur froide perlait à son front et à ses tempes. La lumière des étoiles filtrait à travers sa porte entrebâillée.

Il sortit en frissonnant dans la nuit encore fraîche.

Il s'avança jusqu'au bout du village, une centaine de huttes protégées par une palissade. Un des veilleurs en faction devant l'entrée se crispa sur sa lance avant de se détendre en le reconnaissant.

— Vatrix, notre barde, tu as failli me surprendre.

— J'en suis désolé, mon ami.

— Pourquoi donc erres-tu dans le noir ? Guettes-tu la lune pour y puiser les paroles d'un prochain poème ?

Le barde esquissa un sourire.

— J'aurais voulu qu'il en soit ainsi, C'est malheureusement quelque chose d'autre qui m'a réveillé.

La voix du barde, frissonnante d'appréhension, piqua le gardien qui, aussitôt, brandit sa lance en scrutant les ombres mouvantes des feuillages.

— Quelque chose ? Ici ? Où donc ?

Vatrix le rassura.

— Non, non, rien de physique, rien de matériel. C'était dans mon sommeil, comme une lame de glace qui me perçait le coeur, comme si un danger terrible venait de prendre forme.

Le veilleur ricana doucement.

— Ah ! ces bardes ! Toujours dans leurs rêveries. Ce n'était qu'un cauchemar.

— C'est fort possible. Cela dit, je crois qu'il vaut mieux pour moi que je retourne dans ma hutte.

À l'abri de son logis, il contempla son ensemble de stylets, des bâtonnets de pâte de charbon ou de pastel, préparés de ses mains et délicatement enveloppés de lin pour ne pas se salir les doigts durant les travaux d'écriture. Sur la table, une pile de feuillets confectionnés à partir d'écorce attendait que la poète y traçât ses vers.

Vatrix commença un texte puis l'abandonna. Trop agité pour continuer, il enfouit un stylet et plusieurs feuilles dans sa besace et sortit de nouveau. À la palissade, le garde lui ouvrit le vantail.

— Tiens, on n'a plus peur ? Je croyais que tu avais perçu du danger ?

Il ne prit pas la peine de se disputer sur ce point.

— J'ai besoin de bouger. Je n'arrive pas à dormir.

— Eh bien ! bonne promenade.

En refermant l'accès, le guetteur ne put s'empêcher une pointe de moquerie.

— Attention aux mauvaises rencontres. Il paraît que les lutins n'aiment pas être dérangés quand ils déposent la rosée sur les fleurs, ah ah ah !

Vatrix haussa les épaules et rejoignit la forêt qui s'étendait non loin de là. Il secoua la tête, ce qu'il avait durement ressenti à son réveil brutal n'avait rien à voir avec un tour de farfadets farceurs ou colériques.

« Le garde a raison, ce n'est qu'un cauchemar. C'est drôle, je ne me rappelle pas ce que j'ai vu dans ce rêve tant celui-ci est brumeux. Allons, un peu de mouvement pour m'aérer et j'oublierai ce mauvais sommeil ! »

Longtemps après, quand les lueurs de l'aurore irisèrent la courbe des nuages clairsemés, une grande part de son inquiétude s'était dissipée durant sa marche. À l'instant où le rose du monde se glissait entre les ramures, il parvint à la source de la Séquane, ainsi que la nommaient les habitants de ce pays, un drôle de nom pour une rivière. On l'appelait pourtant de cette façon depuis des générations.

C'est dans cette clairière qu'elle prenait son origine, juste un mince filet qui se transformait vite en ruisseau, et bien plus à l'ouest, en un large fleuve.

Vatrix aimait suivre la Séquane, l'écouter courir sur les galets en un son si clair, si pur, qu'il lui semblait par intermittence y percevoir le chant d'une demoiselle. Étrange, comme ses pas, aujourd'hui justement, l'avaient conduit à cette source qui le charmait tant ! Il lui arrivait, de rares fois, de voir dans les eaux bondissantes le reflet d'un visage merveilleusement beau et celui de deux prunelles pareilles à deux éclats de ciel dans une avalanche de cheveux satin. Ce reflet s'évanouissait sitôt qu'il clignait des yeux pour ne découvrir qu'une petite source ordinaire s'échappant de la falaise, éternellement blanche et inaccessible qui dominait les lieux. Il avait essayé autrefois de s'approcher de cette falaise mystérieuse, sans succès. Les ronces alentour formaient des buissons tellement resserrés qu'il était impossible de les pénétrer. Il y avait renoncé. De cette source, il conservait cependant le souvenir d'un merveilleux visage perceptible seulement à la frontière des songes.

S'asseyant sur le bord d'un rocher, il sortit une de ses feuilles, et sa main dessina :

Dans les feux de la nuit, ton regard est mystère
Un éclat de printemps inondé de lumière
Qui repose à jamais doux secret de mes jours
Dans la brise d'un rêve au parfum de velours.

Après un baiser au parchemin, il le laissa tomber dans le courant qui le happa et l'entraîna vers un voyage inconnu.

Vatrix observa le feuillet qui voguait à la surface étincelante jusqu'à ce qu'une courbe lui en ôtât la vue. Puis il ne s'en soucia plus, car une fois encore, il avait cru surprendre dans les cahots des vaguelettes l'image fugace d'une demoiselle au visage si clair qu'il semblait de cristal. Une vision qui disparut dans les flots

aussi vite qu'elle était apparue.
Ce n'était qu'un rêve, qu'une illusion, et cela lui était égal. Car même si ce n'était que le reflet des nuages dans l'eau, ce reflet-là lui était plus cher que tout en ce monde.
Il s'en retourna ainsi absorbé vers son village.
Tandis qu'il s'éloignait, des doigts légers stoppèrent le flux du ruisseau. Le courant remonta vers la source, entraînant avec lui, en arrière, le parchemin. Et les doigts se saisirent alors de la feuille avant de libérer les eaux figées.

* *
*

Dans la grotte blanche, Séquana lut le poème à mi-voix et pressa le billet contre son coeur en fermant les yeux.

* *
*

À l'autre extrémité du pays, à l'endroit où la forêt s'effaçait pour laisser le champ libre à une série de marais entrecoupés de prairies sauvages, l'être monstrueux à la tête de lézard finissait de dévorer une carcasse de chevreuil.

De ses yeux rouges s'échappaient des éclairs de haine et de fureur.

Il jeta les derniers os de son repas et bondit vers l'est. Le cuir épais de sa peau le blindait contre les ronces et autres épineux. Quand un jeune arbuste le ralentissait, il le hachait d'un coup de griffes. Beaucoup plus grand qu'un humain, son large torse aurait pu accueillir deux hommes adultes. De ses crocs, longs comme des poignards, s'exhala un borborygme incertain.

« Trou... ver. »

Il répéta ces deux sons dans un grognement rauque, difficilement, tant sa gorge avait été longtemps inutilisée.

« Trou... ver. Trouver ! »

Il reprit sa course avec plus de vigueur, guidé par un instinct extraordinairement développé.

Une colline se présenta bientôt. Mufle au vent, il huma les environs, percevant à travers les parfums multiples des fleurs en bouton une bribe d'effluve, si faible que seul un odorat particulièrement acéré et sachant ce qu'il cherchait pouvait déceler.

Le monstre éructa : « Trouvé ! Trouvé ! »

Les griffes balayèrent la terre avec une

rage insensée. Elles creusèrent, encore et encore. Quand elles touchèrent une masse blanche, il ralentit son mouvement, dégagea la glaise alentour et mit à jour un long cocon de fils emmêlés. De la pointe d'une griffe, il cisailla le cocon et en examina le contenu.

Ils étaient là, tous ! Vingt oeufs verts tachetés de roux. Aussitôt, il se redressa en barrissant un cri de joie mauvaise.

« Trouvé ! Tous ! Tous là ! »

L'ombre d'un daim se profila dans un bosquet à proximité. Le monstre se rua sur lui si subitement que la pauvre bête fut abattue avant d'avoir pu ébaucher un début de fuite. D'un geste sec, il en fit couler le sang sur les oeufs.

« Oeufs... vivre ! Saurienks, sortir... vivre ! »

Les oeufs absorbèrent le sang du daim comme une éponge sans en abandonner une seule goutte dans le cocon. Une étrange vie anima les coquilles. Elles se mirent à vibrer ; des petits chocs se firent entendre. Une première se brisa, et dévoila la tête hurlante d'un minuscule saurien.

« Saurienk, vivre ! » beugla le monstre.

Les autres coquilles explosèrent sous la pression de leur hôte. À peine éclos, ils commençaient à se battre, à mordre dans tous les sens. L'énorme lézard leur lança la dépouille de l'animal. Ils se jetèrent dessus avec voracité.

« Saurienks, vivre. Saurienks, grandir. »

Plus tard, le saurienk adulte revint avec un chevreuil. Les petits monstres avaient maintenant la taille d'un enfant de deux ans.

« Saurienks, manger ! Quand saurienks plus grands, saurienks chasser avec Bradax. »

Il se martela la poitrine en signe de défi.

« Bradax pas mort ! Bradax prisonnier dans glace. Bradax se venger. Saurienks grandir et venir avec Bradax et tuer, partout ! »

* *
*

Loin de ces fleuves de haine, le barde rentrait chez les siens. Dans ses pupilles flottaient encore quelques traces de ces reflets entraperçus, si semblables au profil d'une jeune fille.

Si l'eau claire de la source lui jouait des tours, si ce qu'il prenait pour des yeux lumineux n'était que l'éclat du ciel dans le ruisseau, si ce qu'il croyait être de longs cheveux soyeux n'était en fait que le miroitement des saules pleureurs, même si tout cela n'était que chimère et rêverie, il était plus qu'heureux d'en avoir été le témoin.

Il eut à peine franchi la palissade qu'un homme grand, une courte épée à la ceinture, se hâta vers lui. Des nattes rousses fouettèrent ses pommettes saillantes alors qu'il rudoyait le barde.

— Vatrix, on m'a dit que tu étais sorti en pleine nuit !

— C'est exact, Ecodix. Pourquoi cette question ?

— La sentinelle t'a vu emprunter le sentier qui mène au ruisseau !!

— Oui, c'est vrai, mais encore une fois pourquoi tant de véhémence ?

— D'après lui, tu te dirigeais plutôt vers le nord-est !

— Où est le problème ?

Ecodix toisa Vatrix d'un oeil sévère et métallique.

— Vatrix, étais-tu à la source cette nuit ?

— Tu as beau être le chef de ce village, Ecodix, il me faut te rappeler que la direction de mes pas ne concerne que moi.

L'homme rougit de fureur rentrée.

— Cela me concerne aussi. Nul n'a l'autorisation de se rendre à la source de la Séquane.

— Ecodix, tu déclenches une tempête pour des riens.

— Des riens ? ! Alors que plusieurs, ici,

te soupçonnent d'aller régulièrement à la source ; chose que nos lois nous interdisent !
— Ta loi, Ecodix.
— Non. Tu l'ignores, mais voici mille ans de cela, tous les chefs des peuples celtes se sont réunis. Ensemble, ils ont défendu aux femmes de l'eau, les sirènes, d'entrer en contact avec les humains. Ils ont eu grand peine à s'en débarrasser, par la force ou par la ruse. La sirène de la Séquane a disparu, comme les autres. Depuis mille ans, elle n'existe plus. Ses os blanchissent quelque part au fond d'une mare depuis une éternité.

Vatrix fit mine de bailler d'ennui.

— Dans ce cas, pourquoi engager une telle conversation ? Pourquoi se quereller au sujet de ce qui n'existe plus ?

Ecodix saisit le barde par le coude.

— Il est interdit de prononcer le nom de sirène et même d'y penser. Je le fais aujourd'hui pour te prévenir expressément. Les hommes doivent oublier que vivait autrefois, ce genre de personnages. Seuls l'homme et la force vibrante de son glaive doivent compter sur la terre. Nous avons éliminé les autres rivaux. Et nous n'allons pas tolérer qu'un rêveur, un poète, fasse resurgir la mémoire du passé. Si tu persistes à te rendre là-bas, je serais obligé d'appliquer la loi votée par les chefs de clans voici mille ans. La mort pour tous ceux qui fréquenteront les sources proscrites !

Vatrix plongea son regard dans ceux d'Ecodix. Une sourde irritation s'allumait dans sa poitrine. Une femme d'un certain âge courut soudain vers eux, la mine inquiète.

— Ecodix, Vatrix, quel que soit votre désaccord, je vous invite à plus de retenue. Tout le monde a les yeux rivés sur vous.

— Qu'as-tu entendu ?

— Rien, Ecodix, vous étiez trop éloignés. Il nous suffit de vous voir gesticuler pour deviner une violente colère dans votre dispute.

— Ceci est notre affaire, passe ton chemin, j'ai encore à discuter !

— Il y a plus grave, Ecodix. L'homme chargé de l'entretien des feux les a laissés s'éteindre. Nous avons besoin de Vatrix et de son talent pour créer une nouvelle flambée et nous permettre de cuisiner et de nous chauffer les nuits prochaines.

Avant de céder à l'urgence et de voir Vatrix s'en aller, Ecodix lui souffla :

— Écoute-moi, barde ! Ton talent d'allumeur de feu ne pourra pas te protéger, égare-toi encore une fois à la source et je veillerai personnellement à ce tu sois châtié.

Aussi, ne recommence plus et oublie-la !

Dans la hutte centrale, quatre personnes tentaient vainement de rallumer un brasero. La femme aux nattes rousses méchées de blanc expliqua.

— Vélix s'est endormi et l'âtre s'est éteint. Les bûches sont trop humides. Nous avons frappé constamment silex contre silex. Il n'en demeure pas moins que les étincelles sont trop faibles. Nous ne pouvons rien allumer. Le village n'a plus de feu et sans lui, nous retournons à la vie sauvage.

— Le foyer est indispensable à notre survie. Il faudrait que ceux chargés de l'entretenir soient d'une extrême vigilance pour l'alimenter en bois.

— Heureusement pour nous, ton talent de poète sait nous créer du feu à partir de rien. Tiens, Vatrix, nous t'avons apporté un siège. Souhaites-tu autre chose pour l'exercice de ton art ?

Vatrix la remercia. Il s'assit face au brasero, sortit un stylet de fusain, un parchemin et, après s'être concentré un moment sur le monceau de bûches, se pencha pour écrire.

« *Sur l'écorce du bois, une flamme s'étend,*
Tendre épouse du jour, de la bûche,

s'éprend »

Comme il dessinait ces runes, une flamme apparut sur les bûches. Elle grandit à mesure que le poète développait ses vers pour devenir un brasier magnifique.

Les villageois présents lui serrèrent la main de reconnaissance.

— Merci à toi, Vatrix, notre barde. Tu nous apportes ce feu grâce auquel se construit notre avenir. De tous les Celtes, tu es le plus surprenant, car tu peux créer un incendie à partir de quelques mots tracés sur tes parchemins.

— Je ne serai pas toujours là pour ranimer le brasero. Prenez soin de vous relayer pour l'entretenir.

De retour à sa hutte, Vatrix mit de l'ordre dans ses feuillets et en rangea un paquet dans une besace. Un enfant passant devant sa porte lui demanda :

— Que fais-tu, Vatrix ? Encore du feu ?

— Non, je m'apprête pour un voyage.

— Où cela ?

— Dans la forêt, voire au-delà si je ne trouve pas ce que je recherche. Vois-tu cette serpe ?

L'enfant hocha la tête.

— Elle va me servir pour couper des fleurs de Sarlège. Ce sont des fleurs magnifiques aux pétales mauves piquetés de rose. J'en ai besoin pour la cérémonie de printemps. Malheureusement, on ne les cueille qu'aux confins de la Langrévie.

— La Langrévie, c'est notre pays, n'est-ce pas ?

— Oui, celui de notre tribu et d'une cinquantaine d'autres. Une partie considérable de notre région est recouverte de forêts. Au-delà de la Langrévie, nous avons d'autres pays, et d'autres villages celtes. Les plus importants sont dirigés à la fois par un chef et par un druide. Le nôtre étant trop petit pour avoir un druide, c'est à moi que revient la charge de préparer les fêtes puisque je ne suis ni chasseur ni cultivateur, et ni artisan.

— Mais, tu es un barde, s'écria l'enfant avec enthousiasme, et tu crées du feu rien qu'en écrivant sur des parchemins !

Vatrix lui sourit, l'embrassa sur la joue. Il fit ses adieux et s'engagea dans la forêt. Lorsqu'il traversa à gué la Sèquane qui lui arrivait à mi-cuisse, les paroles d'Ecodix résonnèrent en ses pensées. Ainsi donc, une sirène avait existé ici, mille ans auparavant. Ainsi donc, une poignée de chefs arrogants et vaniteux avaient décidé d'effacer de la mémoire des hommes leur souvenir. Il ignorait encore l'usage qu'il ferait de ces informations. Ce dont il qui était certain, en revanche — et sa mâchoire se crispa – c'est qu'en aucune façon, il ne chasserait de son coeur l'image de cette belle demoiselle. Ce n'était qu'un fragment de perception qui flottait aujourd'hui dans les eaux de la source, pourtant ce vestige, cette apparence de visage, lui était plus précieux que l'assentiment de ses compagnons. Jamais il ne s'en séparerait. Même éloigné de la source, même empêché de s'y rendre à nouveau, il garderait toujours la beauté de cette illusion dans le secret de son âme.

* *
*

Vatrix était à peine sorti pour continuer son voyage sur la rive opposée que, dans la grotte blanche dissimulée à la source, la jeune beauté aux longs cheveux bruns se pencha sur le bassin.

— Séquana, pépia l'oiseau bleu, te voilà bien vive en tes gestes.

— Il a touché mes eaux. Il vient de les traverser à une demi-journée de marche.

— Il ? Ne me dis pas qu'il s'agit de...

— Si, l'oiseau. C'est lui. J'ai senti son pas dès qu'il est entré, tout comme je le sens chaque fois qu'il touche mes ondes... Aujourd'hui, son visage était fermé. On aurait dit que quelque chose le tourmentait.

— Comment... ? Ah, oui ! J'oubliais que tu es une sirène. Tu peux savoir tout ce qui se passe en ton domaine.

— Oui, Fétille. Je peux voir, je peux entendre, je peux sentir. Je commande cette rivière jusqu'au lieu où elle se jette dans la mer. Je peux à volonté étendre ma vue d'ici à l'embouchure pour discerner le moindre frôlement dans le cours de mes eaux. Cette rivière, c'est mon miroir. Si je le veux, je peux aussi étendre mon ouïe et entendre le lapement des lapins ou des biches venant s'y abreuver. Jusqu'à la mer... Oui, tout cela je le peux, car je suis une sirène, et cette rivière est la mienne.

L'oiseau pépia de nouveau.

— Alors pourquoi puis-je déceler comme un sanglot dans ta voix ?

— Parce qu'il ne vient pas souvent au bord de mes flots.

— Il y vient tous les jours.

— Une seule fois dans la journée. Et les heures sont si longues.

— Il lui arrive également de se promener à la lisière des massifs épineux près de la source.

— C'est vrai, et il s'approche ainsi de moi. Par moment, j'ai presque le sentiment qu'il m'aperçoit derrière cette image de falaise que j'ai créée pour me cacher.

— Ce n'est qu'une impression. Aucun regard humain ne saurait percer l'écran que tu as installé.

Elle caressa d'une main fine un vase d'émeraude empli de parchemins en feuilles d'écorce.

— Tous ses poèmes qu'il offre au courant, je les ai près de moi. Quand ils tombent dans l'eau, c'est comme un baiser qui se pose sur ma joue.

L'oiseau bleu hocha le bec et pépia tristement.

— Séquana, la loi des hommes, l'as-tu oubliée ? As-tu oublié comment ils ont chassé et capturé tes semblables ? As-tu oublié comment, voici mille ans, tu n'as dû ton salut qu'en te réfugiant sous cette roche blanche ? Le peuple des humains n'a plus souvenir de toi. Si tu parles à ce barde, la guerre reprendra, car leurs chefs ont la rancune tenace.

— Dans cette grotte, ils sont impuissants contre moi. Je commande à la rivière. D'un seul murmure, je rassemble les ondes en des vagues si terribles qu'elles balayeraient les plus grandes armées du monde.

— Et ils le savent. C'est pourquoi depuis mille ans, ils n'ont plus essayé de t'attaquer. Ils ont simplement interdit l'accès de la source aux habitants. C'est la raison pour laquelle ces lieux sont désertés depuis.

— Sauf pour lui. Il doit être bien brave pour venir malgré tout.

Elle posa ses lèvres sur un parchemin et le maintint contre sa poitrine. L'oiseau bleu voleta sur le rebord du vase d'émeraude.

— Je sais à quoi tu penses, Séquana. Garde-toi cependant de jamais quitter la source, et surtout la rivière. C'est ainsi qu'ils ont pu anéantir les autres sirènes. Ici, tu es invulnérable. Mais dès que tu sors de l'eau, tu perds tes pouvoirs. On peut te capturer, te blesser et même... te tuer.

Elle prit l'oiseau dans une de ses mains et le positionna sur son épaule.

— Ne crains rien, Fétille, je ne sortirai jamais de la rivière.

* *
*

Au deuxième jour de son voyage, Vatrix s'était éveillé à la pointe de l'aube. Il n'avait toujours pas trouvé les fleurs de sarlège et avait du mal à se concentrer sur sa recherche.

Les paroles d'Ecodix le troublaient constamment telle une farandole irritante. Il s'interrogeait encore sur la décision à prendre. Il était hors de question pour lui de se soumettre, alors que faire ? S'opposer directement au chef ou changer de tribu ? Et pour laquelle, puisque les autres dirigeants avaient rallié la même cause ? Pour la première fois de sa vie, il caressait la possibilité d'aller vivre dans la forêt, à l'écart des hommes, pour revenir ensuite s'installer près de la source ; ce qui n'était pas forcément une bonne idée. Il risquait fort d'y rencontrer Ecodix. Il était brutal mais pas idiot. Si le barde quittait ouvertement le village, il se douterait bien que ce serait avec l'intention de rejoindre la source à un moment ou un autre, et il y placerait des sentinelles en prévision.

Vatrix n'avait jamais vraiment apprécié Ecodix. C'était un guerrier intelligent, absolument sans scrupules, un être cruel n'hésitant pas à tuer celui qui défiait les lois, par lui, établies. Avec son groupe de chasseurs, il protégeait le village d'une éventuelle attaque extérieure. Or les Celtes vivaient pacifiquement depuis une génération — Ecodix avait tendance à l'oublier. Il appliquait la loi des temps de guerre avec une sévérité qui ne convenait plus en ce temps de paix.

Plongé dans ses réflexions, il accordait peu d'attention au chemin. Un lacet dissimulé sous des feuilles de hêtre se noua soudain autour de sa cheville tandis qu'une corde le soulevait de terre : un piège élémentaire. Il se retrouva suspendu par une jambe, la tête en bas. Deux individus sortirent des buissons. L'un d'eux lui posa une lame contre la gorge. Le manche de chêne était incrusté d'un rubis en forme d'étoile qui luisait comme une tache sang.

— Tes biens et tes richesses, ordonna le brigand, sinon adieu la vie !

Vatrix se tordit subitement, attrapa le poignet de l'homme et le projeta sur son complice. Surpris et déséquilibrés, ils chutèrent dans un tourbillon d'exclamations sourdes. Ils se remirent vite sur pied, mais le barde avait empoigné la corde autour de sa jambe et l'avait utilisée pour se hisser jusqu'à la branche qui le supportait.

— Ah, tu joues les malins ! Eh bien ! on va s'amuser. Nous aussi nous savons grimper. Et tu vas cracher tout ce que tu possèdes.

Ils n'avaient pas encore touché le tronc que Vatrix tenait déjà un stylet et un parchemin, hâtivement pris de sa besace. Les deux brigands n'avaient dû jamais entendre parler de ses dons, car ils ne s'inquiétèrent pas de le voir écrire tranquillement malgré leur assaut. Ce ne fut que lorsqu'une flambée ocre jaillit des vêtements du premier grimpeur et le fit tomber, qu'ils se doutèrent du pouvoir de l'homme qu'ils tentaient de dévaliser. Bien loin de la proie idéale qu'ils s'étaient figurée ! Le second brigand aida son acolyte à éteindre les flammes qui brûlaient avec tant de voracité, puis le tirant par les aisselles, s'enfuit à travers bois.

Vatrix ne put s'empêcher de s'esclaffer en les voyant déguerpir. Il se débarrassa de la corde et reprit sa marche en guettant néanmoins les environs.

Le soir venu, il n'eut pas de souci pour allumer un feu et se réchauffer. Il s'était restauré de pain et de fromages soigneusement enveloppés et s'était endormi depuis un moment, quand des hurlements déchirèrent la torpeur des ténèbres. Des cris lointains, horriblement persistants à l'oreille longtemps après s'être évanouis.

Ne pouvant se rendormir, et le coeur glacé par ces cris, il préféra en découvrir la provenance plutôt que de se morfondre à leur propos. Dans la nuit claire, il s'avança prudemment, attentif à chaque bruit, une main sur son stylet, une autre sur un parchemin, prêt à y faire jaillir des flammes en cas de nécessité.

Soudain, ses pieds s'emmêlèrent dans des tissus. Quelques mots sur le feuillet, et il enflamma l'extrémité d'un morceau de branche cassée. À la lumière de cette torche improvisée, il distingua des lambeaux de vêtements disséminés dans une clairière. Un examen plus minutieux du sol lui montra une foule d'empreintes dont les griffes avaient percé la terre. Des taches en avaient imbibé l'humus.

— Jamais vu de traces pareilles à celles-ci ! Rien de similaire avec celles des loups et des ours. Des fauves, peut-être ? Il en rôdait autrefois, il y a de cela une quarantaine de printemps. Un ou deux tout au plus, jamais aussi nombreux.

En inspectant plus avant, un détail le surprit.

— Ils se déplacent sur deux pieds, ou du moins ce qui leur en sert. Ce ne sont pas des fauves.

Un éclair rouge frappa son regard. Un rubis en forme d'étoile incrusté dans le manche d'un poignard !

— Je connais maintenant les victimes de ce carnage. C'étaient des voleurs, bien sûr, pourtant ils ne méritaient pas une telle fin.

Son doigt mesura la profondeur des griffes.

— Mais je ne connais pas l'identité des bourreaux... Mieux vaut ne pas s'éterniser ici.

Il soupesa l'idée de retourner en son village pour la rejeter aussitôt. Un autre clan plus petit, Bramix, se trouvait à trois heures de marche.

— Je dois d'abord les informer de la présence de ces « fauves ».

Les premières clartés du matin le virent sortir de la forêt et longer les champs cultivés par la tribu qui vivait là. Le blé en herbe lui léchait les genoux. Bramix se nichait derrière une haie d'arbustes à une volée de pas de la Séquane qui formait une boucle à cet endroit. Il allait rencontrer de vieux amis, terminer sa cueillette de sarlèges et rentrer de suite.

Il se préparait déjà à lancer un bonjour chaleureux quand, l'enclos franchi, une vision d'horreur lui glaça les gestes. Les huttes n'étaient que ruines, portes arrachées et toits éventrés. Des foyers renversés fumaient encore. Le terrain, abondamment rougi, témoignait de la cruauté de l'attaque. Plus un seul humain en vie. À petits pas, il fit le tour du village. Partout le même spectacle écoeurant. Les mêmes empreintes qui griffaient le sol. Il en dénombra une vingtaine différente, plus une dernière trois fois plus large et plus profonde que les autres. Il mit un genou à terre pour mieux l'étudier : une monstruosité !

Une ombre dépassa soudain la sienne.

D'instinct, il fit volte-face. Un petit être mi-homme mi-lézard bondissait sur lui, griffes et crocs en avant. Il ne lui arrivait qu'à la taille, mais sa férocité faisait gronder sa gorge et ses muscles. Vatrix happa un des poignets meurtriers d'une main, et les mâchoires claquantes de l'autre. La deuxième paire de griffes lui entailla le pectoral. La douleur déchirante décupla ses forces. D'un coup violent, il fit culbuter son assaillant qui rugit et bondit à nouveau. Il referma ses doigts sur un galet et frappa, une fois, deux fois. Il ne fallut pas moins de quatre coups pour que le jeune monstre s'écroulât, inanimé.

— Sa tête est plus dure qu'un bouclier... il faut que je m'en aille vite.

Il était trop tard pour ceux de Bramix. Maintenant, il devait d'urgence prévenir les siens avant que la meute ne surgisse et ne les taille en pièces.

— Je vais passer par la Séquane pour effacer mes empreintes et mon odeur. Pour le cas où ils seraient intelligents et qu'ils sauraient se guider à l'odorat.

Sans bruit, il se dirigea vers les canots. Par chance, ils n'avaient pas été abîmés. Il en détacha un qu'il s'apprêtait à pousser dans la rivière à l'aide d'une rame. Une main griffue s'abattit sur son cou. Son assaillant était debout et ses crocs fulguraient vers sa gorge. D'un mouvement désespéré du poignet, Vatrix assena violemment le manche de la rame sur le front du lézard. La créature s'écroula sur le sable.

* *
*

Au même instant, Séquana se tordit les mains d'angoisse.
— Il est blessé, Fétille, il saigne !

* *
*

Vatrix ne comprit pas comment il était parvenu à se hisser dans le canot. Il avait eu l'étrange sensation que l'eau l'avait soulevé en même temps qu'il essayait de s'y porter. Et maintenant, bien qu'il se sentait affaibli par sa blessure, chacun de ses coups de rame faisait avancer l'embarcation à une vitesse qu'il n'avait jamais atteinte.
Il oublia cette anomalie pour ne songer qu'à une chose, ramer, le plus vite possible, et avertir les siens de la présence de ces maudits lézards.

* *
*

Dans la grotte blanche, le visage de Séquana s'était figé de peur au-dessus du bassin.

— Il a été attaqué par un saurienk, Fétille.

— Un saurienk ?

— Il est en sécurité maintenant. Je l'ai poussé dans le canot, et j'ai créé un courant qui l'emmène loin de cet endroit. Il pourra rentrer chez lui sans même se douter de mon aide.

L'oiseau négligea ces derniers mots pour reprendre.

— Un saurienk, Séquana, c'est impossible.

— Leur espèce est éteinte depuis cent milles de nos années, je le sais. Toutefois, l'un d'eux vient de l'assaillir par-derrière.

— Si un saurienk l'avait attaqué, et par-derrière de surcroît, il serait déjà mort.

— C'est un jeune saurienk qui n'a pas plus de deux jours à en juger par sa taille.

— Si tu dis vrai, il ne restera pas petit très longtemps. Leur croissance est phénoménale. Au crépuscule, il aura la stature d'un adolescent.

— En effet. Et demain, il sera plus haut qu'un homme, et d'une force qu'un humain ne pourra jamais contenir à lui seul.

Séquana tourna vers l'oiseau un visage tourmenté.
— J'ai peur, Fétille. La domination des Saurienks dans les temps anciens a signifié une période de sauvagerie abominable. S'ils doivent revenir aujourd'hui, qui sait ce qui pourrait se produire ?
— Un saurienk adulte possède une force considérable, certes. Sa résistance est incroyable, mais une troupe de soldats aguerris en viendrait à bout.
— Il n'empêche, Fétille, que la peur me ronge.
— Pourquoi donc ? Tes pouvoirs sont immenses, aucun saurienk ne serait capable de franchir la rivière. Ils ne peuvent rien contre toi.
— Ce n'est pas pour moi que j'ai peur.
— Aurais-tu peur pour les humains ? Pour ceux qui t'ont pourchassée, qui ont voulu te réduire en esclavage ? Pour ces chefs de clans ridicules et presque aussi cruels qu'un saurienk ?
Une larme coula sur la joue de Séquana.
— Peur... pour lui, Fétille.

* *
*

Des heures plus tard, dans un coin de son

esprit, Vatrix s'étonnait. Alors qu'il était exténué, ses coups de rame le propulsaient toujours aussi vite. Combien de temps avait-il passé à ramer ? Il remarqua soudain les roches familières où il traversait à gué. Il manoeuvra le canot vers elles et sauta.

Une fois celui-ci tiré au sec, il courut au village.

Ce dernier reposait dans le calme innocent qui avait baigné son départ. La fureur des monstres ne l'avait pas encore gagné. Le garde en sentinelle devant la palissade émit un cri d'alerte en le voyant. Deux autres surgirent aussitôt, le soulevèrent par le bras et le menèrent à la hutte du chef.

— Merci, c'est gentil de me porter... vous savez la blessure, n'est pas très grave.

Pour seule réponse, ils l'expédièrent avec une telle force qu'il se trouva sur les genoux face à un Ecodix fulminant de colère. Avant qu'il n'ait pu retrouver sa voix, le chasseur lui envoya par la figure une poignée de parchemins.

— Qu'est-ce que c'est ? aboya-t-il.

Vatrix allait se relever ; deux lances piquèrent sa gorge. Il ne bougea plus. Les deux gardes qui l'avaient soutenu avec tant de célérité arboraient les traits rudes du bourreau déterminé à frapper.

— J'ai posé une question, qu'est-ce donc que ces écrits ?
— Qui a fouillé ma hutte ? Qui s'est permis de s'emparer de mes effets ?
— Moi. Je suis le chef de ce village, et j'en ai le droit !
— Non, pas ce droit-là.
— J'ai tous les droits lorsque j'ai affaire à un criminel.
— Un criminel ? Voyons Ecodix, la colère t'embrume l'esprit.
— Tu as été à la source, je l'ai lu sur tes écorces. C'est beaucoup plus grave que je ne le supposais, tu n'as pas fait que voir la forêt. Tu décris sur tes feuilles les traits d'une femme brune « aux yeux couleur de ciel ». Ce sont tes mots, tes propres mots tracés là ! Le nies-tu ?

Vatrix secoua la tête.

— C'est la description de la sirène qui vivait là-bas. Tous les chefs de clans se sont juré d'effacer à jamais son souvenir, et toi, pauvre barde, tu oses ! Tu oses en exprimer le portrait et la décrire dans tes parchemins. Je ne pensais pas que tes réflexions t'auraient conduit à la percevoir, même en imagination. C'est un crime abominable qui doit être sanctionné sur-le-champ.

— Tu es fou, Ecodix. Je chante la beauté de qui je veux dans mes poèmes. Toi et tes pairs n'êtes que de stupides pantins qui craignent une image disparue, et pendant ce temps un véritable danger nous menace.

— Le danger, c'est toi, Vatrix. Si je te laisse continuer tes rêveries, un jour ou l'autre, les villageois écouteront tes poèmes. Ils se rappelleront qu'à la source, il y avait autrefois une sirène.

— C'était il y a mille ans. Tu m'as affirmé toi-même qu'elle n'existait plus.

— Le nombre des années importe peu. Si le commun de nos gens se souvient de leur existence, il se souviendra de bien d'autres choses, il se souviendra des temps passés. De l'époque où des cités gigantesques dressaient leurs tours étincelantes sur la campagne. Il se souviendra de... Aaahh, je parle trop ! Ce savoir n'est réservé qu'à une petite élite et seuls certains des druides les plus élevés sont instruits de l'envers du décor. Je n'ai eu le privilège de cette connaissance que parce que je leur suis totalement dévoué.

Vatrix ironisa.

— Et ces deux chasseurs connaissent maintenant une partie de cette vérité.

Sur un mouvement du menton d'Ecodix, un garde répondit

— Connaître quoi ? Je n'ai rien entendu moi, strictement rien, et toi ?

Son collègue répliqua :
— Non, rien d'autre qu'un barde qui gémit en se roulant en boule.
Ecodix eut un rictus de plaisir.
— Mes hommes en savent juste assez pour être en mesure de repérer les hors-la-loi de ton genre et mettre un terme à leur crime. Pour le reste, il ne concerne que l'élite des chefs et des druides.
Il respira profondément et d'une voix brusque ajouta :
— Personne, jamais, ne doit se rappeler que les sirènes ont existé. Seul le pouvoir des hommes doit dominer la terre. Et c'est celui de la lance et du glaive. C'est celui de la force. Je devrais t'exécuter, Vatrix, pour avoir approché même en rêve cette femme sirène. Néanmoins, tu as de la valeur. Je te propose donc un pacte. Engage-toi avec moi. Avec ton talent d'allumeur, tu serais le meilleur de mes soldats et nous pourrons conquérir les clans voisins. Ils tomberont grâce au feu que tu provoques à volonté. Nous assujettirons chaque recoin de la Langrévie. J'en serais le roi, et toi, le premier capitaine. Engage-toi avec moi, sois le meilleur de mes soldats. Tu auras la richesse, la gloire, et nous oublierons cette querelle d'aujourd'hui.
— Fou, Ecodix ! Tu es complètement fou. Tu veux rompre la paix des Celtes,

déclarer la guerre. C'est d'autant plus insensé qu'une horreur terrible nous menace et nous guette dans la forêt.

— Tais-toi et réponds-moi. Acceptes-tu de t'engager à mes côtés, pour la gloire, la fortune et la guerre ?

— Jamais Ecodix. Jamais le don qui est mien ne s'abaissera à d'aussi infâmes projets.

Ecodix se raidit, la face livide, le regard perçant de lueurs cruelles.

— Puisque c'est ton choix, tant pis pour toi, poète. Demain, à l'aube, tu seras mis à mort pour avoir enfreint nos lois. Ôtez-lui son sac et enfermez-le dans sa hutte jusqu'à ce qu'on procède à son exécution selon notre coutume, au lever du soleil. Vous resterez de faction devant sa porte et soyez vigilants. Adieu Vatrix. Un événement important m'attend dans la forêt, et j'ai un long chemin à parcourir.

Alors que les gardes le poussaient de leur lance, Vatrix, malgré son émotion, les informa de la menace des monstres.

— C'est le village entier qui est en danger insistait-il. Ces hommes lézards sont des sortes de fauves sauvages.

— Ne t'inquiète pas de cela, barde.

— Ils ont déjà détruit Bramix !

— Bramix ainsi que deux autres tribus

plus proches encore.
— Comment ? Vous êtes au...
— Au courant, oui ! Depuis deux jours. Pendant que tu t'amusais dans les bois, des rescapés nous sont venus. Ecodix a découvert la base d'opérations de ces lézards — la clairière du Chêne Vert. Il ira dès ce soir à leur rencontre. C'est son fameux événement, ah ! ah ! ah !
— C'est de la folie, ces monstres sont trop nombreux, trop féroces ! Ecodix ne dispose que de huit chasseurs, il va se faire massacrer, et plus rien ne protégera le village.

Tout en s'assurant que la hutte ne comportait pas d'autres ouvertures, un des gardes ulula :
— Encore une fois, ceci ne te concerne plus. Ecodix a prononcé la peine de mort. Demain, tu ne seras plus de ce monde et la présence de ces demi-lézards te sera indifférente. Pense plutôt à dormir. Il paraît que la dernière nuit est toujours la plus belle !

Et il referma la porte d'un claquement sec en ricanant.

À l'intérieur de son logis, Vatrix jeta un regard désolé sur ses affaires éparpillées. Des sacs éventrés avaient répandu des gobelets et des écuelles aux alentours, et les coffres leurs vêtements. Le barde commença par balayer le capharnaüm. Ecodix avait saccagé chaque parcelle de son habitation dans sa recherche folle d'un témoignage évoquant une sirène. Il avait emporté non seulement ses textes, mais également tous ses parchemins et ses stylets. Sans eux, Vatrix ne pouvait plus écrire et exercer son talent ; il n'était désormais qu'un individu des plus banals et sans aucun moyen de s'échapper.

Un bref sourire passa sur ses lèvres. C'était ce dont Ecodix était persuadé. L'ambitieux guerrier ne se doutait pas qu'il possédait un autre atout. Pour cela, il devait attendre que les geôliers baissent leur qui-vive afin qu'ils ne le surprennent pas dans ses travaux d'évasion.

De longues heures durant, il trompa l'ennui en rangeant sa hutte désordonnée. Sa blessure, nettoyée et correctement pansée, ne le gênait presque plus. Ecodix était parti depuis longtemps déjà. Il avait suivi d'une oreille attentive le remue-ménage du départ et la voix rauque du chef qui pressait ses hommes de hâter leurs pas.

« Il court à sa perte, avait marmonné Vatrix, les hommes lézards n'en feront qu'une bouchée. Il aurait dû s'unir avec les autres clans de la contrée. Ensemble, ils auraient formé une grosse armée et auraient pu se débarrasser de ces monstres. Au lieu de cela, notre village demeure sans protection. »

Il serra les poings.

« Je dois les rejoindre au Chêne Vert et les aider à vaincre ces lézards en déclenchant du feu. Ecodix ne mérite pas qu'on l'aide, c'est pour sauver le les nôtres que je vais combattre. »

Vint le moment qu'il attendait tant, celui du dîner.

« Un condamné à mort n'a pas besoin de manger », s'était écrié un chasseur derrière la cloison tandis que des effluves de rôti lui parvenaient au milieu des forts bruits de mastication.

Occupés à dévorer leur repas et à plaisanter d'abondance, ils ne risquaient pas d'ouvrir la porte. Vatrix se précipita vers sa table de travail, l'écarta doucement, souleva le tapis. À l'aide d'une écuelle, il se mit à creuser. Sous dix centimètres d'argile, le couvercle d'un coffre parut. Il sourit en y extrayant parchemins et stylets.

« On peut être poète et prudent à la fois » susurra le barde. Dans cette partie de la Langrévie où il était le seul à maîtriser la fabrication des bâtonnets d'écriture et des feuillets d'écorce, il avait pris soin de placer en des abris sûrs un certain nombre d'entre eux. La foudre, une pluie torrentielle ou une tempête pouvaient détruire ses fragiles instruments. Il se félicita de sa prévoyance. Toutefois, la menace qu'il avait crainte n'était pas venue des caprices du climat, mais de ceux d'un homme.

Dans un petit sac attaché à ses reins, il glissa des parchemins et des stylets. Puis, il se munit d'une feuille et d'un stylet vert au parfum de menthe et se mit à écrire à l'attention de ses gardiens.

« *Sur les bottes de cuir, il s'enroule soudain*

Des langues de flammes au venimeux destin. »

Des cris de surprise et de terreur brisèrent aussitôt le festin joyeux des sentinelles. Vatrix ouvrit précipitamment la porte. Les deux hommes avaient lâché leurs lances et tapaient avec leurs écuelles sur les longues bottes pour éteindre les flammes qui montaient vers leurs vêtements. Il ne s'en soucia pas et se précipita vers l'ouverture de la palissade. Du coin de l'oeil, il vit les gardes sauter dans la mare et s'y rouler tout en criant : « alerte, le barde s'est échappé ! Le barde s'est échappé ! »

Il força son allure. La rivière...

Le canot se prélassait toujours à l'endroit

où il l'avait tiré. D'un bond, il le poussa dans l'eau, et une fois installé, se mit en devoir de ramer. Sauvé ! Il pouvait maintenant... Slang ! Une flèche se planta dans la rame juste à côté de ses doigts. Une deuxième fila près de son oreille. Sur la berge, les deux geôliers, bottes éteintes et nouvelles armes en main, le prenaient pour cible. Ils engageaient déjà un autre dard dans leur arc. Il avait perdu son bâtonnet durant sa course et n'avait pas le temps d'ouvrir son sac et de s'emparer d'un second. Il se jeta à plat ventre dans le canot, le nez collé sur le fond. Les bords n'étaient pourtant pas suffisamment relevés pour le protéger totalement. Une flèche lui percerait les côtes dans une fraction de seconde.

C'est alors que son esquif fut ballotté furieusement comme si une vague énorme le frappait tandis qu'une pluie de gouttes s'éparpillait autour de lui. Le barde leva le front. Un grand remous agitait encore la Séquane. Là-bas, les deux gardes gesticulaient sur l'herbe ruisselante cependant que leurs arcs disparaissaient dans l'eau. Plaqué dans le canot, il n'avait rien vu, mais d'une façon ou d'une autre, la vague mystérieuse les avait désarmés.

Vatrix ne devait pas les laisser se reprendre. Il empoigna les rames et descendit rapidement le cours de la rivière. Dans le chant de l'eau qui rebondissait sur les galets, il lui sembla percevoir une mélodie à peine formulée : « *Je serai toujours là pour toi, quoi qu'il advienne* » et, dans le miroir de la surface, le reflet fugace de grands yeux bleus et de longs cheveux bruns.

* *
*

— Ils le pourchassent, Fétille. Ceux de son village le pourchassent.

L'oiseau ébroua son plumage bleuté en pépiant

— Le comportement des hommes est toujours surprenant.

— Mais ce sont ses amis. Son peuple... et ils en veulent à sa vie !

— Pour quelle raison, jolie Séquana ?

— Les huttes sont trop éloignées de la berge, je ne peux pas entendre les discours de ses habitants.

La merveilleuse sirène lissa ses longs cheveux et, posant un baiser sur l'un des parchemins du barde, murmura : « *Je serai toujours là pour toi, quoi qu'il advienne...* »

* *
*

Acharné sur ses rames, Vatrix sursauta. À nouveau, il bruissait dans le chant de l'eau cette mélodie à peine audible : « *Je serai toujours là pour toi, quoiqu'il advienne.* »

Décidément, son imagination lui ôtait tout sens commun. La fatigue, sa blessure encore douloureuse et l'enchaînement frénétique des événements s'accumulaient jusqu'à lui faire perdre la tête. Il était urgent qu'il se ressaisisse et qu'il continue d'avancer !

Le crépuscule étouffait peu à peu la lumière du jour. Le Chêne Vert était proche désormais. La lueur d'un feu joua sous les ramures. Ecodix et ses hommes certainement. Un foyer à proximité des monstres lézards était d'une imprudence inconcevable. Ils finiraient par l'apercevoir et attaqueraient le bivouac.

Il échoua le canot sur la rive. Le fond de bois crissa trop fort sur les galets. Vatrix frissonna. Pourvu qu'on ne l'ait pas entendu. Il sauta au sec et stabilisa davantage son embarcation. Il allait se retourner quand deux ombres quittèrent le couvert des arbres. Des mains aux griffes tranchantes immobilisèrent ses bras. Deux autres le soulevèrent et, dans un long cri bestial, on l'emmena vers le feu de camp.

Un attroupement monstrueux se forma autour de sa personne. Les hommes lézards lui arrivaient au thorax, leurs mâchoires lui auraient coupé une jambe d'un seul coup de crocs. Il ne pourrait pas s'en débarrasser aussi facilement que le petit de ce matin, si toutefois il demeurait un espoir.

On le tira plus avant vers le Chêne Vert. Un monstre énorme, deux fois plus grand que ses assaillants, se dressa près du tronc. À ses côtés, glaive à la main, Ecodix arborait une mine crispée. Ce n'était pourtant pas vers le dangereux lézard que pointait son arme, mais sur la gorge de Vatrix.

— Ecodix, que... ?
— Tais-toi, barde ! Que fais-tu ici ?
— J'étais venu vous aider à combattre ces lézards.
— Nous aider à les combattre ? Ah ! ah ! ah ! Pauvre idiot, crois-tu être le seul à faire preuve d'imagination ? Dès que j'ai eu connaissance par des rescapés de l'existence des Saurienks et de leur faculté de parler...
— Parce qu'ils savent parler ?

Un rugissement roula dans la nuit.

— Bradax parle ! Bradax pense ! Bradax veut tuer !
— Et Bradax tuera ! Assura Ecodix à l'adresse du barde. Nous avons convenu d'un rendez-vous ici, au Chêne Vert, et désormais nous sommes alliés. Nous allons plier ce pays à

notre volonté. Avec Bradax et ses saurienks, j'aurais la plus puissante des armées. Il ne me faudra pas plus de deux lunaisons pour dominer tous les peuples celtes. J'en serai le roi, le plus grand de tous, et ceux qui refuseront mon règne...
— TUER ! gronda le saurienk
— Oui, Bradax. Tu pourras les tuer. Tu pourras massacrer tous les opposants. Comme je vais le faire avec ce barde de mon propre glaive.
Ecodix leva son arme, le monstre lézard arrêta la lame de ses griffes.
— Lui, être à moi.
Il renifla le barde.
— Bradax reconnaître son odeur. Lui, avoir blessé jeune saurienk. Bradax se venger et manger lui.
Un mauvais sourire éclaira méchamment le visage d'Ecodix.
— Il est à toi.
— Saurienks !! Vous, garder lui sous arbre ! Bradax finir parler avec Ecodix. Puis Bradax manger ; Bradax faim.
Des poignes griffues l'emmenèrent à l'écart sous un saule. Près du Chêne Vert, Bradax s'était accroupi. Ecodix en avait fait autant, imité par ses hommes qui se tenaient cinq pas derrière lui. Dans l'ombre au-delà de la

clairière, des mufles reniflaient Vatrix tandis que des rictus retroussaient les babines des monstres. Des lueurs avides traversaient leurs pupilles écarlates. Bradax et le chef du village, plongés dans leur discussion, ne s'intéressaient plus à lui. Et les lézards féroces qui le surveillaient manquaient d'expérience et de discernement pour arrêter sa main qui avait glissé dans son sac et qui, maintenant, dessinait des mots sur une feuille. Ils ne connaissaient pas l'écriture et n'associaient aucun danger à ces dessins.

« *Rouge est le feu qui surgit dans le soir* »

Une flamme géante s'éleva aussitôt entre les saurienks et le barde. Les lézards reculèrent, terrorisés par le feu. Vatrix s'élança vers la Séquane. Ses jambes fendaient le chemin plus vite qu'elles n'avaient jamais couru. Un rugissement explosa dans la clairière.
— Saurienks !! Vous attraper prisonnier. Pour Bradax !

Des cris innombrables résonnèrent dans la forêt. Le sol vibrait des courses qui martelaient la terre. Les hurlements se rapprochaient. Les saurienks étaient rapides, ils fracassaient branches et buissons sous leur charge.

Le canot... Vatrix n'en était plus très loin, il allait y arriver, il y était... presque... Il tomba soudain. Un saurienk avait bondi et crocheté ses genoux. Le barde lui tordit le cou, en vain, car un autre sauta sur sa poitrine. Il devait toucher la rivière ! Tout son instinct le poussait vers elle. Il se débattit plus fort, inutilement... un troisième lézard l'immobilisa sur le sable.

Les doigts de Vatrix se tendaient vers l'eau. Quelques centimètres à peine, mais il ne pouvait l'atteindre. Les saurienks le tirèrent par les pieds. Il enfonça les ongles dans les galets de la berge. Un sillon se créa sous ses doigts pendant que les saurienks le tiraient toujours plus en arrière. Un filet d'eau se mit à sourdre dans le sillon et toucha ses phalanges une fraction de seconde avant que les monstres ne le hissent sur leurs épaules vers la clairière.

* *
*

— On l'emporte, Fétille ! Les saurienks ! Je dois y aller.

— Surtout, ne quitte pas la rivière, Séquana, ne quitte...

La mystérieuse sirène ne l'entendait plus. Elle s'était glissée en son domaine. Depuis mille ans, la forêt de Langrévie n'avait pas connu cet éclair de satin brun qui fulgurait dans les ondes cristallines de la rivière. Depuis mille années, les berges n'avaient pas reflété le flamboiement bleu de ce regard qui se propulsait dans l'eau, plus vite qu'un oeil humain ne pouvait le capter.

* *
*

Séquana jaillit près du canot de Vatrix dans un flot de cheveux bruns.

Ses prunelles s'arrondirent de terreur quand elle le vit au milieu des saurienks. Il s'était agrippé à la branche d'un saule et se débattait furieusement, il ne faisait cependant pas doute que les monstres allaient finir par le détacher.

D'un murmure, elle créa une vague qui projeta les saurienks à 20 mètres de là. Les huit hommes d'Ecodix apparurent, armés de glaives.

— Tirez-la hors de la rivière et tuez-la ! ordonna leur chef qui, maintenant, se hâtait vers les lieux.

Vaines invectives. La sirène, les pieds dans l'eau, disposait de toute sa puissance. Son chant provoqua une deuxième vague qui assomma les guerriers. Vatrix chercha son sac. Il avait disparu dans sa lutte avec les lézards. Il ne conservait qu'un bout de stylet et qu'une moitié de feuillet dans sa main gauche. Alors que les saurienks se précipitaient à nouveau sur lui, il traça :

« *Que zèbrent les flammes dans le coeur de la nuit*
Que brûle la foudre sur les monstres maudits. »

Un déluge de feu s'abattit sur les saurienks et les calcina. En l'espace d'un instant, de cette troupe innommable, il n'en subsista plus que des cendres.

Profitant du gigantesque éclair qui saturait les rétines, une ombre rapide s'était faufilée sans bruit derrière le canot. Un épouvantable coup de griffe heurta Séquana avec une telle violence qu'il la propulsa à l'autre extrémité de la berge. Loin de l'eau. En trois bonds, l'énorme saurienk fut sur elle. Il l'empoigna et la fit tournoyer au-dessus de lui en s'éloignant encore plus de la rivière.

— Sirène, mourir ! hurlait-il.

Il allait lui fracasser le crâne contre un des arbres, délaissant désormais complètement le barde pourtant à vingt pas de lui. Comme il lui tournait le dos, Vatrix s'empara d'un glaive abandonné et le frappa à la base du cou avec toute la rage du désespoir.

Bradax s'effondra.

Vatrix libéra la sirène. Une blessure profonde lui entaillait l'épaule. Il lui maintenait la tête tandis qu'elle murmurait faiblement :

— La rivière, il faut rejoindre la rivière.

Alors qu'il la soulevait et se retournait, une silhouette familière s'opposa entre lui et la rive, l'épée dans une main et son sac dans l'autre.

— Ecodix, laisse-nous !

— Oh, que non ! J'ai ton sac et tes parchemins. Et loin de la rivière, la sirène ne possède plus aucun pouvoir. Elle est blessée. C'est fini pour elle. Elle va mourir et toi avec.

Un rugissement formidable figea leurs paroles. Le saurienk monstrueux se recroquevillait pour se relever. Le coup de Vatrix ne l'avait que balafré et assommé. Le barde ne pouvait à la fois se battre contre lui et Ecodix et protéger la sirène. Il s'enfuit en emportant Séquana dans ses bras. Le monstre humain et le monstre lézard le poursuivirent. Et ils gagnaient du terrain.

La rivière ! Il lui devait la rallier !

Un reflet sur sa gauche. Il tourna aussitôt

pensant trouver une des boucles du cours d'eau. Ce n'était qu'une erreur due à la moire des étoiles sur des pierres blanches. Il bascula dans une crevasse. À une volée de pas derrière lui, ses deux poursuivants hurlèrent de joie. Dans quelques instants, ils l'attraperaient et leur chasse serait terminée.

Juste au moment où le fond du ravin mit fin à leur chute, les lèvres de la sirène touchèrent par hasard celles du barde. Ce fut comme un feu de langueur qui prit possession de leur âme. Leurs lèvres se pressèrent davantage tandis que leurs bras s'enlaçaient. Plus rien n'avait d'importance désormais, ils s'étaient retrouvés.

Une silhouette horrible de lézard apparut au bas du ravin ; celle d'Ecodix le suivait. Griffes en avant, le monstrueux saurienk allait frapper, mais Vatrix et Séquana s'en moquaient à présent. Ils n'appartenaient plus à ce monde.

Leurs lèvres s'unirent de nouveau : une fabuleuse langue d'eau et de feu emmêlés surgit subitement du néant et détruisit à jamais Ecodix et le monstre lézard. Il n'en restait plus rien. La terreur de la nuit venait de dissiper à tout jamais.

Car il suffit d'un baiser, il suffit que deux coeurs amoureux se rejoignent pour que l'impossible se réalise.

Loin de la rivière, la sirène perdait ses pouvoirs sur l'eau. Loin de ses parchemins, le barde perdait ses pouvoirs sur le feu. Mais il suffit que leurs lèvres se joignent dans le plus long des baisers pour vaincre la barrière du temps et de la distance.

* *
*

Il suffit d'un baiser, plus tendre que mille paroles, un baiser, plus doux que mille caresses, pour qu'ils retrouvent leurs pouvoirs.

Car ce pouvoir c'est tout simplement le pouvoir de l'amour.

FIN

Note

La première édition de « **Séquana, la légende de la Seine** » date de mars 2005

Cette version de 2009 a été revue et corrigée dans le fond autant que dans la forme. C'est donc un texte totalement neuf que vous aurez le plaisir de découvrir.

Du même auteur

Merveilles & Mystères.

La série : Tomy le petit magicien.

Poupeline et le mystère des oeufs perdus.

Rousseline et les oeufs de Pâques.

Laetitia la petite sirène

L'égoutier qui voulait être roi

Descente de la Saône à pied, histoire d'un fleuve-trotteur.

Le Rhône au vers fil de l'eau.

Sur le chemin de l'aventure.

Coordonnées

Patrick HUET
73 rue Duquesne, 69006 Lyon
Site : www.conte.patrickhuet.fr